DIETMAR RÖSER

HABIBI WUNDERFITZ

Der neugierige kleine Esel

Falls jemand der Ansicht sein sollte, Esel seien besonders dumm, so kennt er HABIBI nicht!
HABIBI ist nicht nur ein besonders kluger, sondern auch ein besonders neugieriger Esel, was ihm sogar seinen Spitznamen WUNDERFITZ eingebracht hat. Am allerliebsten guckt er durch Schlüssellöcher, weil es da so viel Spannendes zu sehen gibt! Und wenn es mal keine Schlüssellöcher gibt, weil sein Freund Ali nicht mit ihm in die Stadt gegangen ist? Dann gräbt man sich eben selbst eines - das kann dann allerdings zu sehr überraschenden Ergebnissen führen!

Bibliographische Information der Deutschen Nationalbibliothek
Die Deutsche Nationalbibliothek verzeichnet diese Publikation
in der Deutschen Nationalbibliographie; detaillierte bibliographische
Daten sind im Internet abrufbar über dnb.d-nb.de
Herstellung und Verlag: BoD - Books on Demand, Norderstedt
ISBN: 9783848252909

Layout: Frank Treichler

Vom gleichen Verfasser:
„WINDSPUREN"
 Gedichte (1981)
(Bestellung beim Autor über Postfach 130260, 53061 Bonn)

„Kann man Liebe in Worte fassen?
 Gedichte für Dich"
ISBN: 978-3-8391-5505-9
Books on Demand (2009)

„Die Muschel der Mondgöttin"
ISBN: 978-3-8423-2015-4
Books on Demand (2010)

„Klabautermann?
Den gibt´s doch gar nicht!"
ISBN: 978-3-8448-2869-6
Books on Demand 2012

DIETMAR RÖSER

HABIBI WUNDERFITZ

Der neugierige kleine Esel

Es war einmal ein kleiner Esel, der hieß Habibi. Er hatte lange Ohren mit weichen Spitzen und einen Kranz von silbernem Haar um die Augen, wodurch seine dunklen Augen noch größer erschienen, als sie schon waren. Und groß waren sie ohnehin schon, denn Habibi war neugierig, unheimlich neugierig. Deswegen nannte man ihn auch „Habibi Wunderfitz", weil er sich über alles wunderte und immer wieder etwas Neues entdecken wollte. Habibi lebte zusammen mit seinem Freund Ali am Rande der großen Wüste in einer Oase. Die große Wüste besteht aus Sand und Steinen, und tagsüber, wenn die Sonne scheint, ist es sehr heiß. In einer Oase aber gibt es Wasser, und daher wachsen dort schöne, große Palmen, und es gibt Sträucher mit feinen grünen Blättern, die sich herrlich abrupfen lassen. Auf den Palmen wachsen längliche braune Früchte, die Datteln, die sehr süß schmecken.

Ali, Habibis Freund, war ein Junge. Er trug tagsüber ein weites Gewand, das sich immer leicht mitbewegte, wenn Ali ging, und daher kühlte es ihn angenehm, wenn die Sonne heiß vom Himmel brannte. Auf dem Kopf hatte Ali eine runde rote Wollmütze und an den Füßen Lederschlappen, in die er einfach nur hineinzuschlüpfen brauchte. Ali wohnte in einem braunen Zelt, das unter den Palmen stand. Darin schlief er nachts und manchmal auch am Tag, wenn es ihm zu warm war.

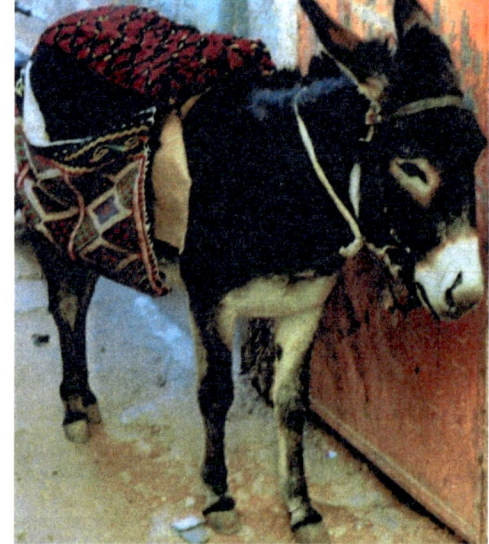

Habibi Wunderfitz aber, der kleine Esel, blieb lieber im Freien. Er mochte die Nächte, in denen es kühl wurde; er stand neben dem Zelt, knabberte an den Kakteen — einem Esel machen Dornen nichts aus, er mag sie sogar ganz gerne! — und schaute sich die Gegend an. Besonders liebte er es, wenn die schmale Mondsichel am Himmel stand. Wie ein kleines silbernes Schiffchen schwamm sie in dem blauen Nachthimmel zwischen den schmalen dunklen Palmwedeln, die sich leise bewegten. Immer wieder schaute Habibi, der kleine Esel, den Mond an, und er schickte ihm einen langen, sehnsüchtigen Ruf zu: „Ihh - hh - ja - ha - haaah !" Aber der Mond antwortete nicht, sondern wiegte sich weiter am dunklen Nachthimmel, und Habibi ließ die langen Ohren hängen.

Am nächsten Morgen gab es Arbeit für Habibi. Ali hatte nämlich am Vortag von der Palme die reifen Datteln geerntet und sie in zwei große Krüge gefüllt. Dann legte er dem armen Habibi eine Decke auf den Rücken und stülpte ein Holzgestell darüber. Darauf setzte er die beiden Krüge, an jede Seite einen. Habibi stemmte die Beine in den Boden und machte sich stocksteif. Das heißt in der Eselssprache: „Nein, ich will nicht!" Aber Ali zog an dem Strick, der an Habibis Hals befestigt war, und nachdem sich der kleine Esel eine Zeitlang gesträubt hatte, ergab er sich in sein Schicksal, ließ den Kopf und die Ohren hängen und trottete los.

Obwohl es noch früh war, schien die Sonne schon heiß. Die Steine strahlten die Wärme zurück, und Habibi stolperte über Geröll, oder seine kleinen Hufe versanken im Sand. Am schlimmsten aber war es für ihn, dass es hier nichts Neues zu sehen gab, denn Habibi kannte den Weg schon.

Aber bald kamen sie zur großen Stadt, und hier war unheimlich viel los, so viel, dass Habibi aus dem Schauen und Staunen nicht mehr herauskam; er vergaß sogar, dass er eine schwere Last zu tragen hatte. Die Menschen drängten sich an Habibi vorbei; manchmal versetzte ihm einer einen Stoß. Das mochte Habibi aber ganz und gar nicht, und so setzte er denn beiläufig, fast wie zufällig, seinen kleinen Huf mit dem scharfen Rand auf den nackten Fuß in den Sandalen des Mannes, der ihn gestoßen hatte. „Aua, du Miststück!" schrie der Mann, und Habibi schaute sich dann unschuldig um, machte große Augen und fragte in der Eselssprache: „Is was ?"

Dann trottete er vergnügt weiter.

Kam man durch das große Tor, so geriet man in Straßen, in
denen es eng war, so dass sich die Menschen vorbeidrängen
mussten. Rechts und links an der Straße waren Stände aufgeschlagen, auf denen alles Mögliche zum Verkauf angeboten
wurde: Da lagen kleine Häufchen von Erbsen und Bohnen, da

gab es stark duftende frische Minze und Gewürzkörner, getrocknete Kräuter und frische Datteln. Das alles kribbelte stark und lieblich in der Nase. Habibi hätte gar zu gerne ein Maul voll mitgenommen. Er hatte es auch schon mal versucht, aber der Verkäufer hatte das gesehen. Sein dunkles Gesicht war dunkelrot geworden, und Habibi bekam richtig großen Ärger. Nein, nein, als Esel hat man schließlich auch seinen Stolz!

Nach den Ständen mit den leckeren Sachen kamen andere, auf denen schöne runde Teller verkauft wurden: rote aus Kupfer und goldglänzende aus Messing. Die Platten waren mit wunderbaren Ranken verziert, mit silbernen Bogen und Schnörkeln, woran Habibi seine helle Freude hatte.

Dahinter wiederum wurden Teppiche angeboten: braune mit weißen Mustern und weiße mit braunen oder rote oder ganz bunte.

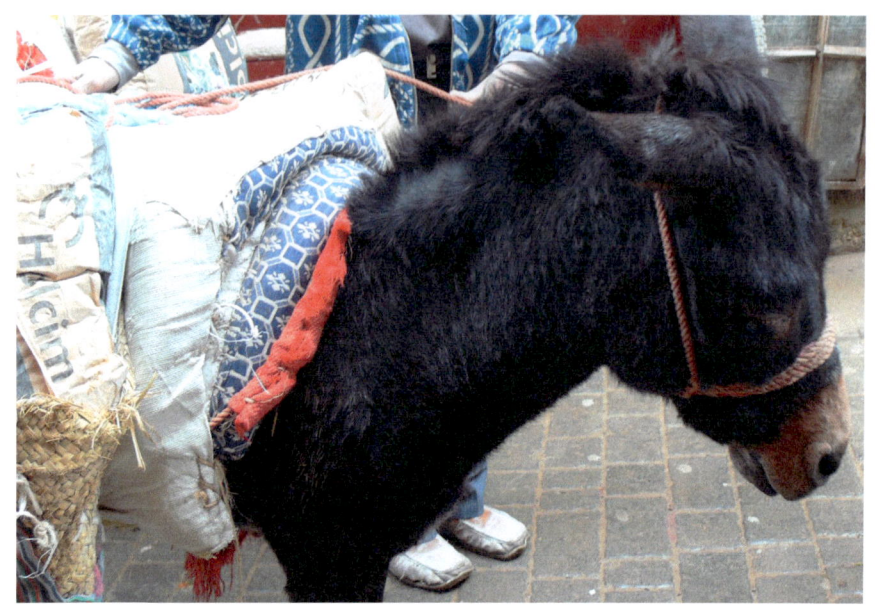

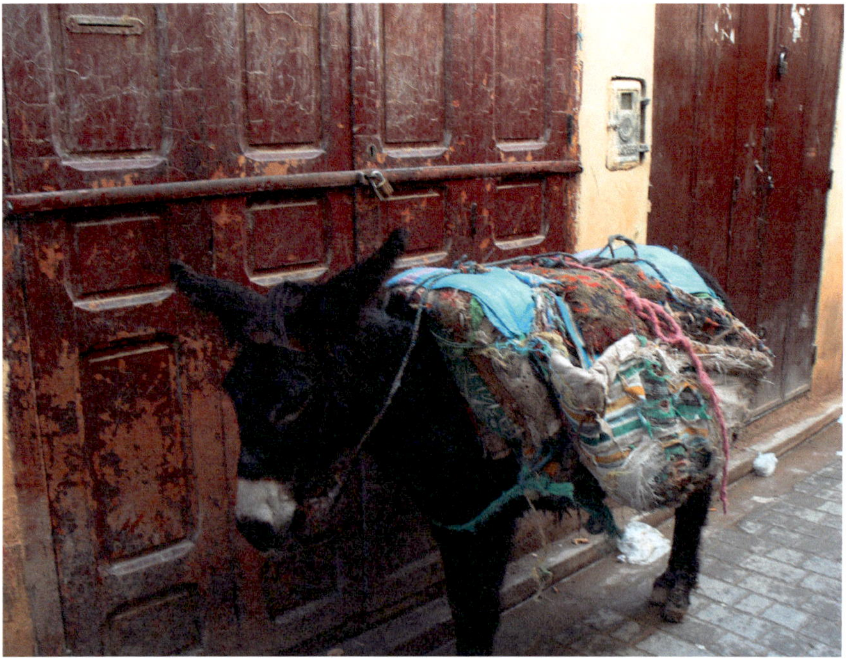

Dann trottete Habibi an den Lederwaren vorbei, die von Stangen herunterhingen: große Taschen und Lederriemen, Sättel und runde Sitzkissen, die bunt bestickt waren. Und Habibi sah und staunte und wedelte mit den Ohren und spürte gar nicht, was er tragen musste. An einer Straßenecke begegnete ihm ein anderer kleiner Esel, der struppig und traurig aussah. Habibi erkannte seinen Freund Yallah und begrüßte ihn freudig. Aber Yallah nickte nur mit dem Kopf. Er schleppte eine Last von Holzstangen, und obendrauf saß noch ein griesgrämig aussehender Mann, der ihm dauernd die Hacken in die Seiten schlug und „Vorwärts, vorwärts! Yallah, Yallah!" rief. Habibi schüttelte den Kopf und sah den beiden nach. „Na, so was", dachte er.

Noch öfter begegnete ihm auf seinem Weg der eine oder andere traurige Kollege. Habibi sah ihm bedauernd nach und dachte: „So ein armer Esel!"

Ali aber zog ihn weiter, und schließlich kamen sie an ihr Ziel, wo die Datteln, die Ali von den Palmen geerntet und Habibi in den Krügen geschleppt hatte, verkauft werden sollten. Kritisch musterte der kleine Esel Habibi den dicken Mann, der nun vor ihm und Ali saß. Er war in einen weiten Burnus gehüllt. Das war ein schöner weißer Wollmantel mit einer langen Kapuze, die in eine dicke Quaste auslief. Auf seinem Kopf trug der Mann eine leuchtend rote Wollmütze, an der ebenfalls eine Quaste befestigt war. Seine Beine hatte er untergeschlagen, und vor ihm am Boden standen hübsch bestickte Pantoffeln. Sein Gesichtsausdruck gefiel Habibi nicht. Denn wenn er auch ein Esel war, so war er es aber nur äußerlich, innerlich jedoch durchaus nicht das, was wir darunter verstehen, sondern ein recht kluges Tier. Aber das ließ er sich nicht anmerken.

Ali hob nun die beiden Krüge von seinem müden Rücken und stellte sie vor dem dicken Herrn auf den Boden. Habibi reckte und dehnte sich, holte einmal tief Luft und sagte erfreut und erleichtert: „Ihh-h-h-ja-ha-haaah!", so dass der dicke Mann ihn böse ansah und sich dann an Ali wandte: „Nun zeig mal, was du heute mitgebracht hast!", und Ali schüttete aus den beiden Krügen die Datteln auf ein Tuch.

Habibi sah, dass sie schön reif und glänzend waren, und ihr Duft zog lieblich in seine Nase. Gar zu gerne hätte er daran genascht, aber er wollte seinem Freund Ali keinen Ärger machen, denn er vermutete und nicht ganz zu Unrecht, dass sein Gegenüber nicht sehr erfreut sein würde, wenn er, Habibi, an den Datteln herumknabberte.

Der Dicke beugte sich vor, nahm ein paar Datteln auf, hielt sie unter seine große Nase und ließ sie dann zwischen den Fingern durchgleiten. Er zog die Mundwinkel abschätzig nach unten und sagte: „Na ja, berühmt sind sie ja nicht, ich gebe dir für das ganze Zeug einen Silberdinar, damit du siehst, dass dein Freund bin und es gut mit dir meine!" Ali machte große Augen vor Erstaunen und Erschrecken. „Was", rief er, „ nur einen Silberdinar für den Inhalt von zwei großen Krügen! Ich möchte wetten, das sind die schönsten Datteln, die es in der ganzen Basarstraße gibt!" Habibi bemerkte, dass der Käufer in seinem weiten weißen Mantel gierig auf die Datteln sah, sich aber zu beherrschen versuchte und die Mundwinkel noch weiter nach unten zog. „Was", sagte er, „die schönsten der ganzen Basarstraße? Es sind die schlechtesten und elendesten, die ich je gesehen habe, und nur, weil ich es gut mit dir meine, biete ich dir so viel Geld."

Ali bekam einen roten Kopf und vor allem knallrote Ohren, die noch heller leuchteten als seine rote Wollmütze. „Nun gut", meinte er störrisch, und das mochte er wohl von Habibi gelernt haben, „dann packe ich sie eben wieder ein!", und er bückte sich und begann, die Datteln mit seinen bloßen Händen in den Krug zurückzuschaufeln. „Halt", rief der Dicke, „du Narr, was machst du denn da, ich will sie dir doch abkaufen!" Ali lächelte etwas, und auch Habibi zog die Lippen von seinen gelben Eselszähnen hoch, dass sich seine Nüstern wölbten, aber er gab keinen Laut von sich. „Nun", meinte Ali, „wenn sie wirklich so schlecht sind, dann darf ich sie Ihnen, werter Herr, doch gar nicht anbieten!" „Ach, papperlapapp", meinte der, „also einen Dinar für den Inhalt eines jeden Kruges!" Ali aber lächelte noch breiter und strich sich unter der Nase her, als habe er dort schon so einen Bart wie sein Gegenüber. „Nun, ich meine, Ihr solltet mir noch je einen halben Dinar dazulegen für meinen Esel, denn der hat ja ziemlich schwer an diesen Datteln geschleppt! Drei Dinare sind nicht zu viel für diese schönen Datteln: die reifsten, die süßesten, die schönsten, die Ihr überhaupt bekommen könnt." Der Dicke brummte noch etwas und versuchte zu feilschen und zu handeln, aber Ali stemmte sich dagegen wie sein kleiner Esel, wenn er vorwärts soll und nicht will, und so nahm denn der Dicke schließlich aus einer bestickten Geldtasche, die er unter seinem weiten weißen Mantel hervorholte, drei Silberstücke und drückte sie Ali in die Hand.

„So, nun mach, dass du verschwindest, aber bring mir morgen neue!" lachte er. Ali grinste, verneigte sich tief, gab Habibi einen kleinen Klaps aufs Hinterteil und sagte: „Komm, vorwärts, Alter, für heute haben wir es geschafft!"

Sie zogen noch ein bisschen durch die Verkaufsgassen, bis Ali einen kleinen stillen Winkel entdeckte, dessen Herzstück aus einem sehr schönen Brunnen bestand. Hier war es angenehm kühl, das Wasser plätscherte in ein Becken, das mit bunten Mosaiksteinchen eingefasst war. Ein Bogen mit Ranken, Blüten und Schriftzeichen überspannte den Brunnen, die Habibi sehr schön fand, wenn er auch nichts davon lesen konnte. Ali kümmerte sich aber weniger um die Schriftzeichen als vielmehr um das kühle Wasser, von dem er einige kräftige Schlucke nahm. Dann legte er sich vergnügt in den Schatten des Brunnens, zog seine rote Wollmütze über die Augen und begann einzuschlafen.

Nun war Habibi frei. Ali rechnete zwar damit, dass Habibi nicht fortlaufen würde, da er ein kluger Esel war, aber Habibi wusste auch, dass Ali jetzt mindestens zwei Stunden lang ruhig schlummern würde, und diese Zeit wollte er für sich nutzen, denn er war eben nicht nur ein kluger, sondern vor allem auch ein sehr neugieriger Esel.

Und so stakste er vergnügt zurück durch die Basarstraßen und schaute neugierig in die Verkaufsgewölbe. Er bewunderte die Arbeiten der Goldschmiede, sah hier einem Kupferschmied zu, der eine bauchige Kanne über einem Amboss heraushämmerte, dort einem Meister, der in eine große, goldglänzende Messingplatte kleine Silberdrähte einarbeitete, so dass seltsame Ranken und Muster entstanden.

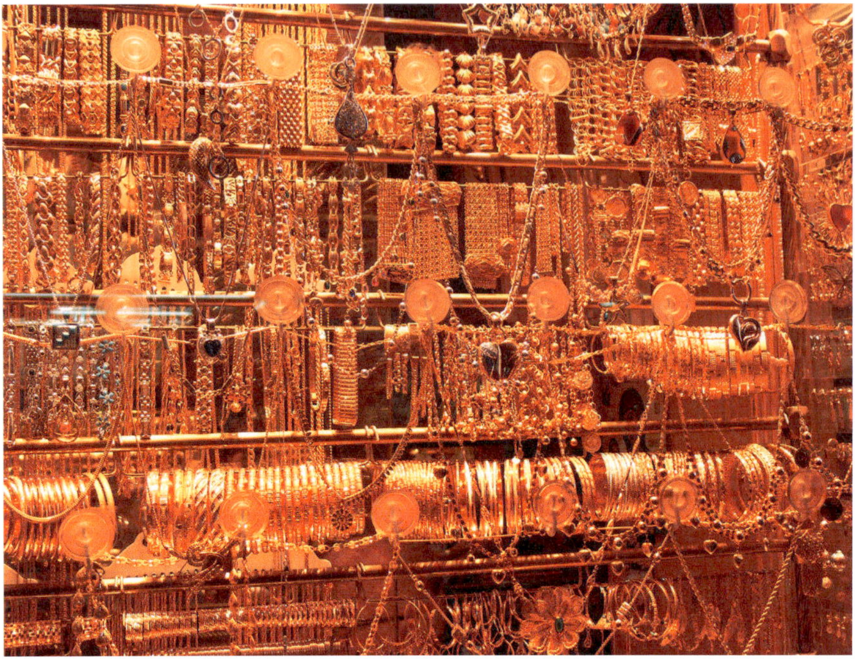

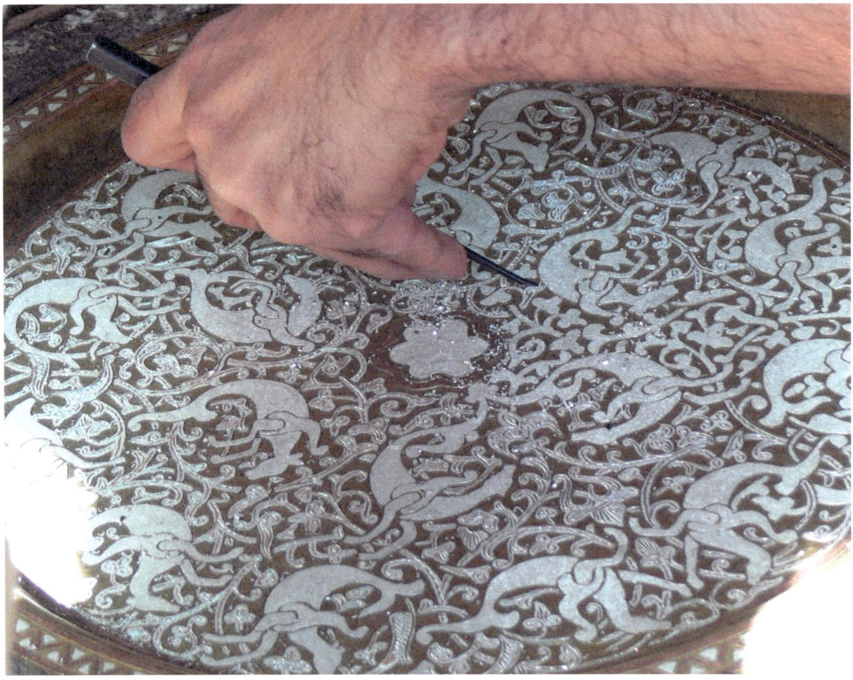

An einem anderen Stand sah er einem Lederhändler zu, der ein großes, mit bunten Mustern besticktes Sitzkissen ausstopf-te, bis es dick und prall war.

Dann kam Habibi in eine Basarstraße, in der es stark und reizvoll duftete nach Kräutern, nach Gewürzen, aber auch nach Obst und Gemüse aller Art.

Im Vorbeigehen nahm er schnell an einem Stand eine Zwiebel mit oder eine Pfefferschote, die sehr auf der Zunge brannte, die er als Esel mit gutem Geschmack aber zu schätzen wusste. Und wenn der Händler hinter seinem Tisch hervorkam und ihn mit einem Pantoffel zu verdreschen versuchte, lachte Habibi : „Ihh-hh-ja-ha-haaah"!, richtete Ohren und Schwanz auf und drängte sich durch die Menge fort.

Was ihm besonders gut gefiel, war, dass die Eingänge zu den Häusern und auch zu manchen Geschäften aussahen wie große Schlüssellöcher, das heißt, auf zwei Säulen erhob sich ein Bogen wie ein großes Hufeisen, der sich nach unten, zu den Säulen hin, verjüngte. Immer wieder entdeckte Habibi diesen Bogen, der sich ihm schon als Eingangstor der Stadt geöffnet hatte, ihm, dem kleinen grauen Esel, der aus der Wüste kam und durch dieses riesige Schlüsselloch in die Stadt mit all ihren reizvollen Wundern eingetreten war. Und durch Schlüssellöcher schaute Habibi eben ganz besonders gerne.

Allmählich verließ er die lebhaften von Schreien und Stoßen, von Schieben und Drängen erfüllten Basarstraßen und geriet in stillere Gassen, in denen die Häuser weiß gekalkt und in der Sonne leuchtend nebeneinander lagen. An jedem Haus befand sich zur Straße hin ein großes Tor, einladend wie ein riesiges Schlüsselloch.

Das Aufregendste bei der ganzen Sache aber war, dass dieses wie ein Schlüsselloch geformte Tor seinerseits wiederum über ein Schlüsselloch in der Mitte verfügte, das eigentlich dafür bestimmt war, dass man einen großen eisernen Schlüssel hineinstecken konnte, um das Tor von außen zu öffnen; aber Habibi sah den Hauptzweck dieses Schlüssellochs eben darin, dass man hindurchschauen konnte, und das tat er besonders gerne.

So entdeckte er hinter einer Tür einen Innenhof, in dem
ein hübsches junges Mädchen saß; er konnte ihr Gesicht von
der Seite sehen, das eingerahmt wurde von langen schwarzen
Haaren, um die ein rotes Tuch gebunden war. Sie saß vor einem großen Webrahmen und knüpfte einen Teppich, auf dem
lauter bunte Muster zu erkennen waren. Lange schaute Habibi
ihr gebannt zu. Ein paar Häuser weiter entdeckte er, als er
durch das Schlüsselloch des großen Tores blickte, einen schönen Innenhof mit Palmen und Blumen, die um einen kleinen
Springbrunnen herumstanden, aus dem eine Säule von glit-
zerndem frischen Wasser emporsprang.

Habibi bekam richtig Durst, als er dieses silberne Wunder bestaunte, das sich aus sich selbst emporzuheben schien und dann wieder in sich zusammenfiel.

Hinter einer kleineren Tür, die in ein schon etwas verfallenes und graubraun aussehendes Haus führte, erblickte Habibi einen dunkleren Innenhof, der ebenfalls von Arkaden – zierlichen Bögen auf Säulen – und Gewölben umrahmt war, die alle, wie er beglückt feststellte, die Form von lauter kleinen Schlüssellöchern hatten. Und in dem Hof saß still und gesammelt ein alter Mann in einem weißen Gewand, das er um sich geschlungen hatte; sein grauer Bart fiel über dieses helle Gewand, auf dem Kopf trug er ein rundes, gehäkeltes weißes Mützchen. Vor ihm auf einem Ständer lag ein großes Buch aufgeschlagen mit seltsamen bunten und schwarzen Zeichen, über die sein Finger immer wieder hinglitt, während er halblaut singend und murmelnd den Text dieses Buches bis an Habibis Ohren dringen ließ, der ganz gespannt lauschte.

Bei diesen aufregenden Neuigkeiten hatte Habibi gar nicht darauf geachtet, dass es allmählich spät geworden und Ali sicher inzwischen aufgewacht war und auf ihn wartete. So galoppierte er denn, so schnell es seine kleinen Hufe auf dem holprigen Steinpflaster zuließen, zurück zu jenem Brunnen, an dem er seinen Freund Ali verlassen hatte, der inzwischen auch tatsächlich wach geworden war, sich die Augen rieb und seinen Esel schon vermisst hatte. „Da bist du ja, du Rumtreiber!" rief er ihm zu, „ich muss dir die Ohren langziehen! Sicher hat dich deine Neugier wieder zu allen möglichen Schlüssellöchern geführt!" Habibi senkte schuldbewusst den Kopf, ließ die Ohren hängen und schaute Ali von der Seite und von unten an. Natürlich hatte Ali recht, aber gab es etwas Schöneres als Neugier? Ali zupfte ihn ein bisschen an seinen langen Ohren, oben an der weichen Spitze, knurrte etwas, setzte sich dann zu den leeren Krügen auf Habibis Rücken, und der stolperte durch die Stadt nach draußen. Noch einmal sah er sehnsüchtig nach den Bögen der Fenster und vor allem auch der Türein-

gänge, die alle aussahen wie große Schlüssellöcher, hinter
denen sich ein Geheimnis zu verbergen schien, das für einen
neugierigen kleinen Esel so reizvoll zu entschlüsseln gewesen
wäre, wenn er nur den Schlüssel dazu gehabt hätte. Und als
sie durch das große Stadttor kamen, schaute Habibi sich noch
einmal um: das Tor bot sich ihm wie eine gewaltige Schlüs-
sellochöffnung, die nun hinter ihm immer enger und kleiner
wurde und all die Freuden und Wunder der Stadt für ihn ver-
schwinden ließ bis zum nächsten Mal.

So trabten die beiden denn zurück durch die Wüste, um zu ihrem Zelt zu kommen. Noch immer stand die Sonne am Himmel, es war recht warm, und Habibi schüttelte den Kopf und schnob durch die Nüstern, aber auch Ali wirkte schläfrig, obwohl er eben schon gute zwei Stunden im Schatten des Brunnens gelegen und geschlafen hatte, während Habibi voll Wissensdrang durch die Stadt gelaufen war.

Schließlich kamen sie zu einer kleinen Oase, in der ein paar Palmen standen, die Schatten spendeten. Ali stieg von Habibis Rücken, nahm ihm die Trage ab, legte sich selbst in den Sand, schob sich die Trage unter den Kopf, damit er bequem liegen konnte, blinzelte Habibi zu und sagte: „Machs gut, Alter, wir sollten noch ein bisschen Pause machen, bis die Sonne tiefer steht und es kühler geworden ist, dann reiten wir zurück zu unserem Zelt." Und damit schlief er auch schon.

Habibi aber, der kleine Esel, hatte mal wieder Langeweile. Er legte das rechte Ohr nach vorne und das linke zurück, dann legte er das rechte Ohr zurück und das linke nach vorne. Schließlich drehte er beide Ohren im Kreise, aber all das nützte nichts. Ihm fiel nichts ein, womit er die Langeweile vertreiben konnte. Es gab keine Kaktushecken, denen man die Stacheln abknabbern konnte. Auf eine Palme klettern mochte Habibi auch nicht – welcher Esel lässt sich schon gerne auf die Palme bringen! –, und was das Allerallerschlimmste war, es gab keine Schlüssellöcher, durch die man durchschauen konnte. Und was soll ein armer kleiner Esel mitten in der Wüste ohne ein Schlüsselloch machen?

Weil es nun aber keine Schlüssellöcher gab, grub sich Habibi eben selbst eines: mit dem rechten Vorderhuf scharrte er einen Halbkreis in den Sand, dann mit dem linken, dann kratzte er einmal nach rechts hinten, dann einmal nach links hinten, dann wieder nach rechts, dann wieder nach links, immer tiefer.

Unterdessen träumte Ali davon, dass aus einem Brunnen neben seinem Zelt Gold fließen würde, gelbe, leuchtende Goldstücke, so dass man nur einen der Krüge, in denen er sonst die Datteln in die Stadt transportierte, unterzusetzen brauchte, um ein reicher Mann zu sein.

Und während Ali vor Vergnügen schnarchte und gluckste, grub Habibi immer tiefer, und dabei wurde er immer aufgeregter, was er wohl entdecken würde. Schließlich sah man von ihm nur noch die Schwanzquaste und die Ohrenspitzen, die kräftig hin- und herwackelten. Auf einmal wurde es ihm komisch unter den Hufen; es fühlte sich etwas feucht und schmierig an, war schwarz und klebrig und roch sehr seltsam und scharf. Habibi schnupperte und grub immer tiefer, und da sprudelte unter seinen Füßen eine schwärzliche, schmierige Masse heraus. Entsetzt machte Habibi einen Satz nach draußen aus seinem großen Schlüsselloch, das er selbst gegraben hatte, und er sah fassungslos, wie das schwarze Zeugs immer stärker herausquoll und schließlich das ganze Schlüsselloch füllte. Er weckte Ali, der ebenfalls voller Spannung und Entsetzen sich diese Masse ansah, plötzlich aber die Stirne kraus zog, zwischen den Zähnen einen Pfiff herausließ, seinem Esel um den Hals fiel, ihm einen Kuss auf seine weiche Muffel drückte und sagte: „Eselchen, ich glaube, du hast was Wunderbares entdeckt!" Und obwohl Habibi ein kluger Esel war, wollte ihm das beim besten Willen nicht einleuchten.

Ali aber nahm die beiden Krüge, die ja auf dem Rückweg leer waren, füllte sie mit dieser schwärzlichen Masse, lud dem armen Habibi wieder das Traggestell auf, setzte die beiden Krüge darauf, die jetzt wieder sehr schwer wogen und außerdem widerlich stanken. Am Morgen, als Habibi die Krüge in die Stadt geschleppt hatte, waren sie zwar ebenfalls schwer, aber sie dufteten wenigstens nach frischen, süßen Datteln; nun aber rochen sie sehr widerwärtig. Das schien jedoch den Ali nicht zu kümmern, und er beeilte sich, so schnell er konnte, wieder zurück in die Stadt zu kommen. Habibi folgte ihm fassungslos und unzufrieden.

Plötzlich bekam Habibi einen Schrecken, als er hinter sich ein knatterndes und donnerndes Geräusch hörte, dann einen lauten, durchdringenden Ton, so, als ob man zehn Eseln gleichzeitig auf die Schwanzspitze getreten hätte, und als er entsetzt zur Seite sprang, so gut das mit den schweren Krügen ging, sah er einen Wagen, der zwar vier Räder hatte, aber keine Deichsel wie die anderen Wagen, die er kannte, und auch nicht aus Holz bestand, sondern aus einem schwarz glänzenden Metall. Das Besondere an dem Wagen war, dass er von alleine fuhr und man gar nicht sehen konnte, wo die Esel drinsteckten, die den Wagen antrieben; stattdessen sah man nur einige Leute in dem Wagen sitzen, die dunkle Sonnenbrillen aufhatten. Einer von ihnen drückte ärgerlich auf ein Rad vor sich, wodurch diese lauten Schreie ertönten, die Habibi noch schlimmer vorkamen als das Geschrei von zehn Eseln, man musste schon sagen, es klang eher wie das Geschrei von zehn zornigen Kamelen. Am empörendsten aber war, dass dieser Wagen einen fürchterlichen Gestank verbreitete. Es roch so ähnlich wie das schwarze Zeug, das Habibi auf seinem Rücken tragen musste. Ali aber schaute diesem Wagen mit glänzenden Augen nach, klopfte seinem Freund Habibi auf den Hals und sagte:

„Eselchen, schau dir diesen Wagen an! In so etwas werden wir zwei auch bald fahren!" „Jetzt ist er völlig übergeschnappt!" dachte Habibi mit einem Achselzucken, wobei etwas von dem schwarz - klebrigen, schmierigen Zeug aus den Krügen herausspritzte und ihm sein schönes glänzendes Fell verdreckte. Aber nicht einmal das schien seinen Freund Ali zu beeindrucken, der doch sonst so sehr auf ihn achtete.

Ali ging diesmal nicht, wie Habibi erwartet hatte, in die Verkaufsstraßen, wo sich all die schönen Stände befanden mit den bunten Sachen, den duftenden Kräutern und den wohlschmeckenden Zwiebeln, sondern er suchte einen großen Palast auf, der etwas abseits lag in einem Palmengarten. Davor standen zwei Männer in roten Pluderhosen mit weißen Jacken, die große glänzende Säbel trugen und sehr böse aussahen. Sie zogen ihre Säbel, als Habibi mit Ali angetrabt kam, aber Ali flüsterte einem der Wärter nur etwas ins Ohr und zeigte auf die Krüge, worauf dieser sich tief verneigte, das große Tor aufriss und Ali hineingeleitete mitsamt Habibi und seiner seltsamen Last.

Ali wurde zum Palast geführt, obwohl er ein einfacher Junge in ganz zerrissenen und schmutzigen Kleidern war, und es dauerte nicht lange, bis verschiedene sehr vornehm aussehende Herren aus dem Palast herausgestürmt kamen, die alle sofort den armen Habibi umringten, in die Krüge hineinschauten, sogar mit den Fingern in diesem schmutzigen Zeug herumtappten, daran rochen und es sich voller Begeisterung zeigten. „Jetzt sind auch die verrückt geworden", dachte Habibi, und er zuckte wieder mit den Schultern, so dass etwas aus den Krügen heraussprang auf die Kleider der feinen Herren, die aber darüber gar nicht böse wurden, sondern sogar eher entzückt zu sein schienen. Und dann hörte Habibi immer wieder ein seltsames Wort: „Erdöl", und er nahm an, dass das die Bezeichnung für dieses stinkende Zeug war.

Es dauerte eine Zeitlang, und Ali verhandelte und feilschte mit diesen Männern, die ihm sofort seine beiden Krüge mitsamt Inhalt abkauften und ihm dafür eine große Geldbörse mit klingenden Goldstücken in die Hand drückten, sich vor ihm verneigten und ihn bis zum Tor des Palastes geleiteten.

Als die beiden die Stadt wieder verließen, wunderte sich Habibi, dass Ali neben ihm herumtanzte, die Arme in die Luft warf und in Jubelrufe ausbrach. Ihm, dem Esel, erschien das alles ziemlich sinnlos. Und noch sinnloser erschien ihm das, was er in der Folgezeit erleben musste, dass nämlich viele, viele Männer kamen, die große Maschinen und lange Stangen mitbrachten, aus denen sie einen riesigen Turm aufbauten, von dem aus sie in seinem schönen Schlüsselloch, das er sich gegraben hatte, und in dieser schwarzen, übelriechenden, schmierigen Masse herumbohrten. Und Ali stand daneben, hatte die Hände in seinen neuen, roten Pluderhosen vergraben und lachte und freute sich. Er wurde von vielen Herren besucht, die zum Teil in weißen, vornehmen Gewändern einherschritten, zum Teil aber auch in ganz komischen engen Röhrenhosen, die schwarz waren, und ebenso komischen Jacken, wie er, Habibi, sie noch nie gesehen hatte. Die Herren gaben Ali immer wieder sehr viel Geld, und der freute sich. Er kaufte sich selbst auch einen hellen Umhang und eine wunderschöne Mütze mit einer goldenen Quaste darauf, und Datteln pflückte er auch keine mehr. Und was für Habibi das Unbegreiflichste war: Eines Tages stand da vor ihrem Zelt auch so ein großer, schwarzer Wagen aus glänzendem Metall mit vier Rädern, der keine Deichsel hatte, an die man ein Dromedar oder einen Esel hätte spannen können. Und wenn er fuhr, machte er lauten Krach und gab so komische Töne von sich wie zehn wildgewordene Kamele.

Und Ali fuhr ganz stolz mit diesem Wagen in der Wüste herum und dann von seinem Zelt in die Stadt. Aber weil er den Wagen ja eigentlich ihm, dem klugen kleinen Esel Habibi verdankte, so hatte er auf dem Platz neben sich für seinen Freund einen besonders schönen und bequemen Sitz einbauen lassen, auf dem Habibi sich mit seinen vier Beinen angenehm lagern konnte. Vor sich hatte er einen wunderschönen, goldbestickten Beutel, in dem sich allerhand herrliche Sachen zu knabbern und zu naschen befanden: duftende, frische Datteln und Kaktusfeigen, Zwiebeln und auch ein bisschen frisches Gras, das sehr rar war in dieser Gegend.

Und so fuhren die beiden durch die Stadt, und Habibi war sehr stolz und glücklich, denn Ali hatte ihm eine besondere Freude gemacht: er hatte ihm nämlich vor seinem Platz das Fenster in ein großes Schlüsselloch fassen lassen. Zwei Streben erhoben sich vor ihm, die sich oben in einem Bogen zusammenfanden, so dass Habibi, der neugierige kleine Esel, die Stadt anschauen konnte, als ob er beständig durch ein Schlüsselloch linsen musste, was ihm die Freude noch verdoppelte.

Überall, wo die beiden durch die Stadt kamen, verneigten sich die Leute tief vor ihnen und winkten ihnen zu, und man hörte, wie sie sagten: „Sieh mal, das ist der Esel, der das Erdöl gefunden hat!"